貓町

萩原朔太郎＋しきみ

首次發表於「セルパン」1935年8月號

萩原朔太郎

明治19年（1886年）出生於群馬縣。詩人、小說家，享有「日本近代詩之父」的美譽。中學時期與同班同學一起創辦傳閱雜誌『野守』並發表短歌。主要詩集有『吠月』、『青貓』等。

繪師・しきみ（樒）

插畫家。居住於東京都。除了為『刀劍亂舞』等知名線上遊戲設計角色以外，也參與多項書籍裝幀、並與服裝品牌攜手合作設計事宜。著作有『與押繪一同旅行的男子』（江戶川亂步＋しきみ）、『貓町』（萩原朔太郎＋しきみ）、『獏の国』等。

縱使打到蒼蠅，
並不表示殺死蒼蠅的「本體」，
而僅僅是摧毀了蒼蠅的表象。

——叔本華

1

對旅行的憧憬，逐漸淡出我的白日夢。從前，我僅需想像著那些與旅行相關的意象，比方火車、輪船，以及陌生的大城小鎮，便雀躍不已；遺憾的是，我也從過往的經驗中得知，旅行其實不過是「相同的事物在相同的空間裡移動」罷了。

不管去到什麼地方，看到的都是一樣的居民住在一樣的村莊或城鎮裡過著一樣平淡的生活。無論是在鄉間的哪座小鎮，商家總是從早到晚在店裡撥著算盤，望著白晃晃的街道；公務員總是在辦公室裡吸著菸，琢磨著午餐該吃什麼。日復一日，人們就這麼撐捱著單調乏味的日子，凝望著年華老去的人生。對旅行的憧憬，如同空地上的梧桐樹，在我疲累的心底一隅映著索然無味的景象。到哪裡都是不斷重複單一性法則的凡俗生活，令人厭惡。任何旅行都再也無法勾起我的興趣和嚮往了。

從很久以前，我便透過某種特別的方法，去過一趟又一趟的奇幻之旅。那種旅行是人們得以遨翔在時空與因果之外的唯一剎那，也不妨說是巧妙利用夢境與現實的界線，在主觀構建而成的自由世界裡恣意徜游。言已至此，應當無須贅述箇中奧祕了吧。不過我還是想補充一點，我並非藉助那種還得張羅設備用具、況且在日本不易取得的鴉片，使用的多半是不費事的藥物，例如容易注射的嗎啡或可輕鬆吸食的古柯鹼。此處無暇逐一詳述我曾在這些經由麻醉而產生的狂喜幻夢裡周遊過的國度。我通常會在青蛙群聚的沼澤，或是企鵝棲息的極地附近的沿海地區徘徊逡巡。在那些夢境裡，一景一物皆為鮮豔的原色，從大海到天空都如玻璃那般晶瑩的湛藍。那一幕幕景象即使在清醒以後依然留存腦海，以致於在回到真實的世界後，我仍不時出現異樣的錯覺。

這種倚靠藥物的旅行對我的健康造成極大的傷害。我日漸憔悴，面無血色，皮膚衰老暗沉。於是，我開始注重養生，出門散步充當運動，並於某日信步而行的途中，意外找到一種新方法來滿足自己古怪的旅行癖好。那段時間我謹遵醫囑，天天走到離家四、五十町遠（約莫三十分鐘至一小時距離）的地方。那一天，我如同往常，散步到那一帶。

我的路線一向固定，當天卻無意間進了一條沒走過的巷弄。接著，我失去方向，迷路了。我這個人在直覺辨識方位的感官功能上有著顯著的缺陷，因此常常認不得路，只要去到不太熟悉的地方就立刻迷路。再加上我還有個一邊走路一邊沉思的習慣，即使路上有認識的人打招呼我也渾然不覺，明明就在家附近，卻常找不到路回去還向人打聽，鬧了笑話。只因為方向感出了差錯，我甚至曾經繞著住上多年的屋外圍牆一連打轉好幾十圈，偏偏怎麼樣就是看不見眼前那扇家門。家人笑我是被狐仙遮眼了。所謂被狐仙遮眼的狀態，應該就是心理學家說的三半規管的疾病。根據相關學者指出，位於耳內的三半規管負責掌管人類感知方向的功能。

止まれ

回到正題。迷了路的我不知所措，隨意猜了個往家的方向，急著踏上歸途。正當我在鬱鬱蔥蔥的郊外住宅區兜來轉去之際，忽然來到了一條熱鬧的大街。我從未造訪過那般美麗的街道。街上打掃得乾乾淨淨，露水濕透了路面的石磚。每家店鋪都顯得整齊又清爽，擦拭光潔的玻璃櫥窗裡陳列著種種珍稀的物件。咖啡館的屋簷有著濃密的花葉攀旋，交錯的光影為街道增添幾分趣味。交叉路口的紅色郵筒也很漂亮，就連菸草鋪的年輕姑娘亦像杏果一般嬌柔亮麗。我不曾看過如此別有風情的街道，這裡到底是東京的什麼地方呢？我實在不知道確切的地理位置。可以肯定的是，由時間推估，這裡離我家不遠，就在我平時散步半個小時左右之內的範圍，即使略有出入也就在附近。為什麼會有這樣一條近在咫尺卻罕為人知的街道呢？

TABAKO

我彷彿置身夢境。那裡不像真實的道路，而是投射在幻燈片銀幕上的畫中街道。可就在這個剎那，我的記憶和理智倏然恢復了。定睛一瞧，這裡根本是我熟得不能再熟、就在自家附近的一條普通且常見的郊區街道。和往常一樣，郵筒立在路口，患有胃疾的姑娘蜷坐在菸草鋪裡。那些店鋪的櫥窗裡老是擱著積灰又頹憊的過時商品，至於裝飾在咖啡館屋簷邊的則是土裡土氣的假花拱門。所有的一切，不過是乏善可陳的熟悉街景，卻在剎那間發生了截然迥異的改變。而這些猶如施了魔法似的神奇變化，只因為我迷了路，對方向產生了錯覺。我把一直立在街道南端的郵筒，錯當成是在反向的北側路口；也將一直位於街道左邊的商家，誤以為開在相反的街道右方。僅僅是這樣細微的不同，居然使得熟悉的街景變成了新奇的樣貌。

【TABAKO】

那個時候，我正站在自己以為不認識的街道上，注視著一家店鋪的招牌，心裡嘀咕著好像曾在什麼地方看過那塊招牌上的圖案。緊接著，就在恢復記憶的剎那，所有景物的方向猛然逆轉了——方才位於左邊的街道忽然成了右側，而朝北行走的我變成正在向南邁進。瞬間，指南針的指針飛快旋轉，東南西北的空間位置統統對調過來了。與此同時，整個宇宙起了變化，原本饒有風情的街道頓時變了樣。換言之，我剛剛目睹的那條不可思議的街道，其實存在於另一個方位顛倒的宇宙倒易空間裡。

自從那回偶然的發現以後，我便隔三差五刻意讓自己陷入方向的錯覺，在那神祕的空間裡盡情遊歷。像我這種身上帶有前述缺陷的人，尤其方便隨時來趟這樣的旅行。不過，即使是方向感健全的人，應該也曾和我一樣，體驗過如此特殊的空間吧。舉例來說，當你搭上深夜的火車回家，火車從車站出發時是沿著軌道由東往西逕直前進的。

可是沒多久，等你小睡片刻醒來，卻赫然發現不曉得從什麼時候開始，火車的行進方向竟然變成由西往東的反向行駛了。理智告訴自己這種事不可能發生，然而你確實感覺到，朝著反向奔馳的火車真的離目的地愈來愈遠了。遇上這種時候不妨望向窗外，你會發現平日裡熟悉的沿途車站和風景全都變得不一樣，看起來像是別的世界，甚至沒有絲毫印象。然而當火車到站，踏上一如往常的月台時，你將如大夢初醒，認出現實中的正確方位。並且，一旦覺察出這一點，前一刻眼中所見異樣的景象和事物，瞬時又變回熟悉的平凡景物了。換句話說，同一個景象，你先是看到背面，後來才依照平常習慣的方向，重新看見了正面。

只要改變視角，一件事物就有了兩個不同的面向。同一個現象擁有隱藏其內的「祕密的另一面」，可以說再沒有任何課題比這個更具有形而上的神祕學問了。小時候我總是望著牆上的油畫，不停思考著一個問題——在這幅畫的風景背面，究竟藏著一個什麼樣的世界？我曾經幾次摘下畫框，仔細端詳油畫的背面。就這樣，直到今日，這個兒時的疑惑始終是已經成人的我長久以來渴望解開的一道謎題。

接下來要說的故事，將為我這道謎題的答案提供關鍵的線索。諸位讀者若能從我這不可思議的故事中想像出某個四度空間的世界，亦即存在於景物背面的真實性，那麼這個故事的一切就是真確無疑的；然而諸位讀者假如無法想像，那麼基於我親身經歷的下述事實，也就只是一個嗎啡成癮導致中樞神經受損的詩人不著邊際的幻覺罷了。總而言之，我還是鼓起勇氣寫下來。不過，我不是小說家，不懂得該如何透過角色和劇情的安排來讓讀者讀得津津有味。我能做到的，就只有翔實記錄自己經歷過的事件而已。

2

那段日子，我暫住於北越地區的一處名為K的溫泉村。九月將盡，秋分已過，山裡滿是濃濃的秋意。那些來避暑的城市遊客皆已經賦歸，僅餘寥寥可數的療養住客留下來靜靜養病。秋陽斜影漸長，旅舍冷清的中庭散著一地落葉。我終日裹著法蘭絨面料的和服到後山散步，獨自消磨著無所事事的時光。

距離我暫住的溫泉村不遠處有三座小鎮。與其說是小鎮，其實更像是村莊的小聚落。其中一座小鎮雖是偌小的農村，販售的日常用品倒是一應俱全，還有幾家頗具都會風情的餐館。從溫泉村到那幾座小鎮都有直通的道路，每天也有定時接送的馬車往返。在溫泉村與繁華的U鎮之間甚至鋪設了一條小型的輕便軌道。我時常利用那條小鐵路去鎮上買東西，有時也到有女侍陪酒的酒館喝上兩杯。但是我真正的樂趣是搭小火車前往U鎮時欣賞沿途風光。

宛如玩具般可愛的小火車，在落葉林與能俯瞰山溝的峽谷之間蜿蜒慢行。

一天，我在小鐵路的中途下車，朝U鎮的方向信步而行。我想一個人在那視野絕佳的嶺中山路悠閒漫步。山路沿著鐵軌通往樹林裡彎彎曲曲的小徑。秋花處處，紅土在陽光下泛著光亮，被伐下的樹木橫臥在地。我仰望著天上的浮雲，不禁想起本地深山流傳多年的古老傳說。在這個民智未開、保有原住民禁忌和迷信的地方，至今仍有許多居民非常相信那些故事和傳說。事實上，我投宿的那家旅舍的女服務生，以及從鄰近村莊來療養的那些村民，在告訴我那些故事時，無不帶有某種恐懼與厭惡的情緒。聽他們說，某些部落的住民被犬神附身，而某些部落的住民則被貓神附身；被犬神附身的人只吃肉，而貓神附身的人則只吃魚。

這一帶居民對那些奇特的村子敬而遠之，稱之為「附身村」。「附身村」的住民們會挑一個沒有月光的黑夜舉行每年一度的祭典。村子以外的普通人無從窺見那項儀式，即使偶爾有人目睹，不知為何，一概三緘其口。據說那些住民擁有特別的神力，還藏有來歷不明的龐大財富云云。

他們在講完這些故事之後接著補充，直到不久前，那些聚落裡的其中一支還住在溫泉村附近。雖然現在這個聚落已經不復存在，住民也似乎已經四散各地，但他們很可能還在某個地方持續著那種祕密的團體生活。有人曾親眼見過他們的傲克拉（魔神的真身），那正是鐵錚錚的證明。這些人的話語中充帶有莊稼人特有的偏執，他們無視於我的意願，企圖把自己對迷信的恐懼及其真實性強加於我。所幸我是抱持另一種心態，興致勃勃地聽故事。四散於日本各地的具有這種禁忌的部落族人，其祖先大抵是有著特殊風俗習慣的異族人或是歸化人，而子孫後代至今依然奉侍著先祖的守護神。或者還有一種可信度更高的推測，那就是他們是隱匿身分的天主教徒。

不過，宇宙間有著無數個人類並不知曉的祕密。如同赫瑞斯所說，理智並非無所不知。理智總是試圖把所有事物轉化為常識，以通俗易懂的方式解釋神話。可是，宇宙所隱含的意義，往往超越了通俗易懂的層次。因此所有的哲學家在窮究真理的最後，總是向詩人認輸。因為唯有詩人直面的超越常識的宇宙，才是真正的形而上的存在。

我就這樣一個人走在秋天的山間小路，浮想聯翩。鐵軌旁的窄細山路，消失在樹林的深處。那條我仰靠它通往目的地的鐵軌路標，再也不見蹤影。我不知道該往哪裡走才好。

「我迷路了！」

我從浮想聯翩中驚醒過來時，腦中浮現的是讓人心慌意亂的這句話。我忽然害怕起來，匆匆忙忙找路。我轉身折返，試圖回到來時的道路，豈料反而更找不到方向，在錯綜複雜的迷宮中進退不得。我愈走愈往深山裡去，小徑在荊棘叢中消失得無蹤無影。我連一個樵夫也沒能遇上，尋找許久仍是白費功夫。我愈發六神無主，像焦躁的小狗想嗅出正確的道路似地來回兜繞。

最後，終於發現了一條有著清晰的人足跡和馬腳印的細小山路。我小心翼翼地追隨著那些蹤跡走下山。無論是哪座山，只要下到山麓，到了有人煙的地方，就能放心了。

走了幾個鐘頭，我終於抵達山麓，沒想到意外發現了一處人間世界。那裡絕非想像中的貧窮農村，而是一個繁華的城鎮。以前有個朋友和我聊起沿著西伯利亞鐵路旅行的故事。他說，列車在遍地荒涼的無人曠野中行駛了幾天幾夜之後，總算在一個沿線的小站停靠，而那裡竟是一座車水馬龍的城市。這一刻的我，恐怕與他當時的震驚不相上下。我快步奔向山麓低窪的平地，眼前所見是數不清的屋宅，以及在陽光下熠熠生輝的高塔和大樓。我實在不敢相信在這樣僻遠的山裡，居然有如此先進的大城。

我覺得自己像是一面看著幻燈片，一面走向那座城市，最終自己也進到那張幻燈片裡。我鑽進城裡狹小的巷弄，穿過宛如母親子宮裡那陰暗的小徑，最後來到了繁華大街的正中央。

映入眼中的街景十分特殊而罕見。鱗次櫛比的商店和建築無不呈現出各異其趣的藝術性，卻又讓整座城鎮有著融為一體的美感。這一切不是刻意塑造，而是在悠久的歲月裡緩緩沉澱，於因緣巧合之下形成的風貌。這幅古拙而雅致的景貌，娓娓道出了這座城鎮昔日的歷史，以及居民久遠的記憶。整個城鎮呈狹長狀，大街的橫寬至多三至五公尺，其餘小路則是屋宅與屋宅之間的逼仄巷弄。我時而步下猶如迷宮般曲曲折折的石磚坡道，時而在二樓飄窗陰影遮蔽的幽暗隧道似的小徑間穿梭。隨處可見花繁葉茂，附近還有水井，像極了南國小鎮。日影斜長，整座城鎮像被籠罩在綠蔭底下，涼潤沁心。數棟貌似青樓的房屋比肩相連，從中庭深處傳來閑雅的樂音。

大街兩旁多為鑲著玻璃窗的洋樓。

理髮店門前裝設著紅白雙色立體圓柱，招牌上漆著Barbershop的字樣。街上既有旅舍，也有洗衣店。城中的交叉路口有一家照相館，那幢形似氣象臺的玻璃屋倒映出寂寥的秋日青空。鼻上架著眼鏡的鐘錶行老闆坐在店裡，默默埋首於手中活計。

街上行人如織，看似熱鬧非凡，卻又出奇安靜，一片闃靜，恍如曳著酣睡的長影。這或許是因為街上除了行人，沒有那些會發出噪音的車輛馬匹駛過。

但是不單如此，連人群本身也彷彿悄無聲息。男男女女高尚禮貌，優雅大方。尤其是女士，個個溫柔婉約，婀娜多姿。無論是在店裡購物的客人，或是在路上交談的行人，無不彬彬有禮，輕聲細語。這些言語和對話，與其說是用耳朵聆聽，更像是用某種輕柔的觸覺通過撫摸的方式領略箇中意涵。特別是女士的聲音宛如在肌膚上摩挲，具有一種使人陶醉的甜美魅力。這一切景象與人物，都如幻影般穿行來去。

我首先注意到的是，這座城鎮的整體氛圍乃是經由極其精心的形塑，顯然出自人為之手。不光是建築，就連城鎮的氣氛構成，也含有全神貫注致力完成某種重要的美學巧思。這番苦心遍及所有細節，即使是空氣的微小振動，都要盡量避免其破壞對比、對稱、和諧與平衡等等的美學法則。況且這種美學法則需要透過非常複雜的微分計算，這導致整座城鎮的每一條神經都極度緊繃，瑟瑟顫抖。

舉例來說，說話時提高嗓門是不被允許的，因為那會破壞和諧，甚至包括走在街上時、輕挪手指時、用餐喝水時、思考事情時、擇選和服的紋飾時……無論何時何地，一切舉動皆須與城鎮的氣息調和一致，隨時留意不得破壞與周圍事物的對比和對稱。整座城鎮像是由一片薄玻璃構成的危險又脆弱的建築，哪怕失去些許平衡，都將使得整幢房屋轟然倒塌，灰飛湮滅。為了維持穩定，每一根經過精密數理計算後組建而成的支柱都非常重要，藉由這些支柱的對比與對稱，這才得以勉強撐起這間大房子。但最可怕的是，這亦正是構成這座城鎮的現實真相。只要一個不小心的失誤，等同於宣告它們的坍塌與滅亡。城鎮的每一條神經都在這種驚恐與危懼之下緊繃到極致。看似充滿美學的築城意象，並非只為了展現美感，其背後還隱藏著一個更為可怕而迫切的問題。

發現這個問題之後，我突然變得不安，在猶如飽含電氣的空氣中，忍受著神經緊繃的煎熬。這城鎮獨特的美麗、如夢一般的閑寂，頓時令人隱隱作嘔，彷彿正在某種驚世駭俗的祕密底下偷偷交換著暗號。一股茫然而莫名的不祥預感，散發著煞白的恐怖色彩，在我心裡狂奔衝撞。所有的知覺都從禁錮中得到釋放，我確切覺察到物體細微的顏色、氣息、聲音、味道，甚至其蘊含的意義。四周瀰漫著死屍般的腐臭，氣壓漸漸攀升。正在發生的一切無疑是某種凶兆。此時此刻，有一件非比尋常的事情即將發生！我肯定就要發生了！

城鎮沒有任何變化。街上依然熙來攘往，卻又十分安寧，行人依然優雅地移步而行。遠處隱約傳來胡琴拉弓似的低沉聲響，聽來婉轉悲戚。那是一種焦慮難安的預感，就像某個人在大地震來襲的前一秒眼露懷疑地觀望著這個與平時毫無差異的城鎮。這時候，哪怕城裡有人不慎倒下，這份完美的和諧就會被撕裂，整座城鎮旋即陷入混亂之中。

我像個明知自己身陷夢魘、拚命掙扎著睜開眼睛的人一樣，在那種可怕的預感裡兀自驚恐。蔚藍的天空澄澈透明，飽含電氣的空氣密度節節升高。樓房開始焦躁似地變得歪斜、罹病似地變得細瘦。塔狀的物體此起彼落，愈來愈多。連屋頂也異常尖高，像瘠弱的雞腳一樣瘦骨嶙峋，古怪畸形。

「就是現在了！」

恐懼感逼得我心臟狂跳，不禁大叫出聲。就在這一剎那，有隻小小的、黑黑的、像老鼠一樣的動物一溜煙地跑過大街中央。那景象清晰地映在了我的眼底。說不上來為什麼，我有一種異常的、唐突的、破壞了整體和諧的感受。

剎那間，天地萬物戛然而止，只有深不可測的沉默徐徐蔓延。我不明白發生了什麼事。然而下一瞬，一幕任誰也無法想像且前所未聞的可怕景象便在眼前鋪展開來。

我定睛一看，只見大街小巷全是成群結隊的貓兒浩浩蕩蕩地昂首闊步。貓、貓、貓、貓、貓、貓、貓，舉目所見盡是貓。家家戶戶的窗口探出蓄著鬍鬚的貓臉，猶如裱在畫框裡的立體肖像畫。

我渾身發抖，難以呼吸，險些昏厥。這地方不是人類居住的世界，而是只有貓群棲息的城鎮哪！這究竟是怎麼回事呢？我能相信眼前的景象嗎？我的腦子出問題了。我看到的都是幻影。否則就是我瘋了。我內心宇宙的意識失去平衡，頹圮崩解了。

我開始對自身感到恐懼。我強烈地覺察那驚駭的、最後的毀滅已然來到不遠處，一步一步地近逼。戰慄在黑暗中疾奔。但是下一瞬，我又恢復了神智。我讓自己冷靜下來，再次睜開眼睛，迎向事實的真相。於是，原先那些不可思議的貓群，從我的視野霍然消失了。

城鎮沒有絲毫異樣，各家各戶敞著窗子，窗口空無一物。街上寧靜如常，單調的路面依然白晃晃的。別說是貓了，連個貓影子都見不到。並且，連城鎮本身也變了個樣。普通的商店林立街邊，平凡的鄉下人一臉倦容，滿身髒汙地走在大白天的乾巴巴的街道上。如魅影般的城鎮消失不見了。就像把遊戲紙牌翻面一樣，陡然變成了另一個世界。真實存在於此地的，是一個再普通、再平凡不過的鄉間小鎮；而且，這裡不就是我熟悉的那個U鎮嗎？理髮店店主和往常一樣擺著空椅子，怔愣地望著白日下的街道，等候顧客上門；而位於蕭條的街道左邊那家乏人問津的鐘錶行，老闆正和平時一樣打著呵欠闔上店門。眼中所見，是我格外熟悉、如同既往的那個單調無趣的鄉間小鎮。

到這個時候，我的神智已然清醒，並且明白了所發生的一切。愚蠢的我，又犯了那個「三半規管功能喪失」的老毛病。從在山裡迷路的那一刻起，我就失去了方向感。我以為自己從相反的方向下了山，其實是再次回到了U鎮。

再加上我並非在慣常的車站下車，所在的方位不同以往，就這樣在小鎮正中央迷路了。所有的景物都和我過去的印象相反。我從指南針的反方向看過去，上下左右前後全部對調，於是看到了四度空間的另一個宇宙（亦即景物的背面）。換個通俗的說法，也就是我「被狐仙遮眼」了。

3

我的故事到這裡結束了。但是，我又有了一個難以解釋的疑問。中國哲人莊子曾經夢到自己是一隻蝴蝶，醒來以後納悶地自言自語：究竟是夢裡的蝴蝶是我，還是現在的我才是我呢？——這個亙古之謎至今無人能夠釋疑。那個由錯覺而產生的宇宙，到底是「被狐仙遮眼」的人目睹的呢？還是被這一雙具有理智和常識的眼睛看到的呢？更重要的是，所謂形而上的現實世界是存在於景象的背面還是表面呢？我想，沒有任何人能夠回答這個問題。

但是，那個不可思議的世外小鎮，如今依然鮮活地留在我的記憶之中。無論是窗戶裡、屋簷下或大街上，到處充斥著貓兒身影的詭異貓町，即使在過了十幾年後的今天，我靈敏的知覺仍然可以隨時重現那一幕幕栩栩如生的驚悚光景。

人們嘲笑我的故事，說那不過是詩人病態的錯覺、荒謬的妄想以及愚昧的幻影。可是我確實看到了那座只有貓兒居住的城鎮，我親眼看到了那座幻化人形的貓兒群聚於街上的城鎮。無論是否合乎邏輯、不管他人有何評判，對我而言，再沒有比我曾在這宇宙的一角「親眼看到」那些景物更毋庸置疑的事實了。縱使面對世人的冷嘲熱諷，我依然對此深信不疑。我相信傳說中那種奇特的聚落確實存在於日本海的沿岸地區。我相信只有貓仙居住的城鎮必定存在於宇宙的某個角落。

＊本書之中，雖然包含以今日觀點而言恐為歧視用語或不適切的表現方式，但考慮到原著的歷史背景，予以原貌呈現。

譯註

第04頁

【叔本華】Arthur Schopenhauer（1788年2月22日～1860年9月21日）德國著名哲學家，唯意志論主義開創者，形上學亦為其研究領域。

第12頁

【四、五十町】日本舊時長度單位，一町約為一百零九公尺。

第14頁

耳疾現在並不屬於心理學的範疇，此處仍依原文翻譯。

第18頁

【菸草鋪】（煙草屋）香菸和煙具的販賣店，一般由米店、雜貨店等店兼營，菸草鋪從前多由高齡者利用自宅經營，藉此賺取零用錢。

第24頁

【形而上】（メタフィジック）形上學一詞最早源自於希臘文，意為之後或之上，乃哲學研究的範疇，被視為「第一哲學」及「哲學的基本問題」。

第26頁

【法蘭絨】（フランネル）一種柔軟的絨面毛織品，於18世紀英國威爾斯製造，最早會使用羊毛製作，現在則會用棉及人造纖維製作。

【療養住客】（湯治客）針對某些特定疾病，在溫泉地做一週以上的長期停留，進行療養的病人，一般溫泉村多在較偏遠的山間，不接受一般觀光客生意。

【定時接送的馬車】（每日定期の乗合馬車）一種有特定路線及時刻表，乘載不特定數量乘客的交通工具，最初於1662年由法國神學家布萊茲．帕斯卡導進法國巴黎，日本則從1869年（明治2年）開始運行。

第32頁

【赫瑞斯】Horatio，莎士比亞作品《哈姆雷特》裡的角色，哈姆雷特大學時代的好友。

第58頁

【蝴蝶】作者指的應該是莊子於《齊物論》中提到莊周夢蝶的故事，而非莊子本人夢到蝴蝶。此處仍依原文翻譯。

解說

跨越身體界線——
萩原朔太郎《貓町》的詩意空間／洪敍銘

大正、昭和時期的日本文壇，受到西方文化及歐洲文學的傳入，是新體裁、新理念大放異彩的時刻，這個時期的日本文學，出現許多嶄新的創作探索與嘗試，萩原朔太郎在這樣的文學思潮影響下，也逐步建立自己的風格。大正五年（1916）創辦的《感情》詩刊，以新式語言與私領域的情緒抓攫為路線，獲得文壇矚目，隔年詩集《吠月》、大正十二年（1923）《青貓》出版，豐富多變的情感面向，探索私密經驗，融合語言、語彙的創新實驗，當代被譽為「日本近代詩之父」，樹立起重要的成就與里程碑。

《貓町》則是萩原朔太郎較為少見的小說作品，他的筆觸孤獨與疏離，他描繪時空不斷反覆的城鎮及生活景態，平淡而索然無味；在小說中，詭譎異樣的心理和停滯不變的外在環境相互融涉：異樣感的刺激帶來狂喜與新鮮，但真實世界的單一與沉悶，又使他墜落與錯置……，一而再、再而三，與其說《貓町》是一則散落在詩人記憶中的軼聞，不如說它是層層搭建起的時間迷境，邀請讀者闖越，或者迷失。

觀看空間：桃花源的謎底

緣溪行，忘路之遠近。忽逢桃花林，夾岸數百步，中無雜樹，芳草鮮美，落英繽紛，漁人甚異之。復前行，欲窮其林。……復行數十步，豁然開朗。土地平曠，屋舍儼然，有良田美池桑竹之屬。阡陌交通，雞犬相聞。其中往來種作，男女衣著，悉如外人。黃髮垂髫，並怡然自樂。

——陶淵明〈桃花源記〉

陶淵明的經典〈桃花源記〉說了這樣的故事：捕魚人因迷路而偶然循著一片桃花林，走進了安適愉快，自得其樂的村子，享受一生少見的美好時光；離開後，便再也找不到這片世外桃源。不少評論指出，桃花源的隱喻包含著政治社會、隱士人格的追求、心靈世界的樂園體現等多元的指涉，然而萩原朔太郎的《貓町》，創造了一個敘事結構大致相似，象徵意義卻大相逕庭的故事。

探索《貓町》的「迷路」敘事，首先在自家周邊散步而迷失方向的「我」，造訪了那條美麗的大街，它雜揉著異樣與日常，也充斥著焦慮與新奇，這是萩原朔太郎在文本世界造「夢」的手法：在疏離中極盡可能地找尋驚異，理智從炫目的麻痺裡復原後，即是夢醒時刻；「只要改變視角，一件事物就有了兩個不同的面向」，坦白說是一種敘述的詭計，但它創造出另外一種可能性：異世界不只能憑空想像，而是可以「被創造」的。

這也是《貓町》和〈桃花源記〉最大的不同；〈桃花源記〉最終仍舊隱含著對「得而復失」、「不可得」的失落，而《貓町》中，「我」卻能夠不斷地堆疊、複製這樣的混亂與誤識，在U鎮的故事中，浩蕩蕩地、昂首闊步的貓群乍看下雖然只是增添了神奇、幻異的色彩，然而那些幻影最終並未朝向鬼魅的方向傾斜，反而開啟了「我」對於「莊周夢蝶」的存在辯證；更深入地說，《貓町》並不執著於失落的那些桃花源式的幻景，因為「我」對於幻象發生的物理性原因全然了然於胸，萩原朔太郎意圖談論的，反而可能對於「景觀社會」的哲學思考——「在一個真正顛倒的世界，真相不過是虛假的一瞬間」（Guy-Ernest Debord, 1967）——貧脊的生活、缺乏真實性影響知覺伴隨著知識的墮落，也應合著時代的語境和意象。

為了達成這樣的討論，萩原朔太郎在《貓町》中創造出許多「凝滯」的時空，雖然不見得是物理性的時間真的停滯了，而是他極力描寫著「夢醒時分」的那種短促的驚詫，如「**瞬間**，指南針的指針飛快旋轉，東南西北的空間位置統統對調過來了」、「前一刻眼中所見異樣的景象和事物，**瞬時**又變回熟悉的平凡景物了」、「那些不可思議的貓群，從我的視野**霍然**消失了」，這些對於時間、空間的不連續描寫，展開了不同的敘事時空；換言之，作者在他極為緩慢（近乎停滯）的時間裡完成了他的「夢」，回返現實之時，接續上原本斷裂、空白或分裂的時間序列，彷彿盡是幻想，又盡是真實深刻；然後小說末尾「再沒有比我曾在這宇宙的一角『親眼看到』那些景物更毋庸置疑的事實了」的堅持，即如約翰・伯格指出的：「觀看確立了我們在周圍世界的位置。我們用言語解釋這個世界，然而言語永遠無法改變我們被世界圍繞這個事實。」（約翰．伯格，2010）這種不確定的關係，或許才是所有夢境的根源與謎底。

私密的浩瀚感

白日夢無疑地以各式各樣的景象為資糧，但是透過一種自然的趨向，它更能冥想其龐然巨大。這種對龐然巨大的思忖形成一種十分特殊的態度，一種異於其他的靈魂狀態，白日夢將夢者送到切進的世界之外，將之置於一個烙印著無限的世界之前。

——加斯東．巴謝拉《空間詩學》

萩原朔太郎是一位擅長探索詩意空間的詩人，例如他對幻想中的U鎮描寫，熠熠生輝的高塔、古拙雅致的景貌中透露注重平衡的美學偏執及緊繃不安的心理狀態，對於逐漸失衡、失控的恐懼，他寫道：「像瘠弱的雞腳一樣瘦骨嶙峋，古怪畸形」，既具形象化，也充滿隱喻性；《空間詩學》曾解釋這種「日夢」的境界，事實上是詩人嘗試將重要回憶中德社會成分剔除，也暗示著我們身在自己孤寂獨處之空間時，經常能夠達到的境界。這也解釋了「我」在面臨幻境時常展現出的異常狂喜，反向地在「病態的錯覺」、「荒謬的妄想」的嘲弄中，建構了屬於他的私密空間。

在這個面向的思考上，《貓町》無疑是相當私我、對內心深刻挖掘的文學創作；萩原朔太郎建築屬於「我」的私密空間的意義，不僅只是對於「世人的冷嘲熱諷」的反抗，更強烈的是透過詩意空間，體驗「浩瀚」的根本感受；即如波特萊爾的白日夢一般，重點並不在夢境的真實刻劃，而是透過本能、自然的反應，找到從現實的憂慮、禁錮、所肩負的重擔中解脫的方式。

這樣的追求，反映在「我」對病體的描述上，小說中不論是對於「三半規管功能喪失」的病徵，或是「被狐仙遮眼」的訕笑，都顯出無奈與不耐，然而在每一段誤識、錯置的回憶故事中，萩原朔太郎也不厭其煩地以「也就只是一個嗎啡成癮導致中樞神經受損的詩人不著邊際的幻覺罷了」作為對自己的嘲諷，這表明了儘管詩人對眼前幻景賦予了多元的詩意解釋，但回歸現實環境，仍然造成很大程度的限制——特別是靈魂與意識的自由上，加斯東．巴謝拉曾說：「生活現實的邏輯是堅實與毀敗之間的辯證，而夢想的邏輯卻是虛渺與真實的來往之間」，既然現實的生活世界踽踽難行，夢則可能引導人們從世界重新回歸存有的價值與意義，然後更能從這樣的迴盪與視覺的震撼中，看見自己、找到自處的方式。

解說者簡介／洪敍銘

文創聚落策展人、文學研究者與編輯。主裡「托海爾：地方與經驗研究室」，著有台灣推理研究專書《從「在地」到「台灣」：論「本格復興」前台灣推理小說的地方想像與建構》、〈理論與實務的連結：地方研究論述之外的「後場」〉等作，研究興趣以台灣推理文學發展史、小說的在地性詮釋為主。

乙女の本棚系列

『檸檬』
梶井基次郎+げみ
定價：400元

我深深地吸了一口那帶著香氣的空氣。
先前從不曾如此深呼吸
讓空氣盈滿肺部，
一股溫熱血液的餘溫
攀上我的身體及臉龐，
總覺得身體中的活力
似乎有些甦醒。……

在經手梶井基次郎『檸檬』的
書籍裝幀及CD封面繪製等領域活躍，
受到廣泛世代支持的
插畫繪師げみ。
超越時代、文豪與繪師的夢幻組合，
鮮活地在現代混搭融合。

乙女の本棚系列

『蜜柑』
芥川龍之介＋げみ
定價：400元

這個光景，
清晰到幾乎令我感到悲切，
深深烙印在我心上。

我搭上了橫須賀線的火車，
一位小姑娘在臨發車之際才衝上車，
列車就這樣只載著我們兩人，
緩緩發動了……

在經手芥川龍之介『蜜柑』的
書籍裝幀及CD封面繪製等領域活躍，
受到廣泛世代支持的
插畫繪師げみ。
超越時代、文豪與繪師的夢幻組合，
鮮活地在現代混搭融合。

乙女の本棚系列

『與押繪一同旅行的男子』
江戸川亂步＋しきみ
定價：400元

「他們，是活的吧。」

觀賞過海市蜃樓的歸途，
在火車中，
我與帶了押繪的男子偶然相遇……

江戸川亂步的
『與押繪一同旅行的男子』，
透過以『刀劍亂舞』
角色設計等作品聞名、
pixiv 追蹤人數超過二十一萬的
當紅插畫繪師しきみ的畫藝，
呈獻了這部嶄新的現代重製版。
超越時代、文豪與繪師的夢幻組合，
鮮活地在現代混搭融合。

乙女の本棚系列

『葉櫻與魔笛』
太宰治＋紗久楽さわ
定價：400元

我將臉頰緊貼著妹妹削瘦的臉頰，
淚流不止，
輕輕摟住妹妹。就在這時候，
啊，聽見了！
儘管隱隱約約，
但確實是
《軍艦進行曲》的口哨聲……

太宰治的『葉櫻與魔笛』配上，
曾經將畠中惠人氣系列作
『まんまこと』漫畫化，
以豐富色彩和服聞名的
人氣漫畫家紗久楽さわ。
超越時代、文豪與繪師的夢幻組合，

乙女の本棚系列

『瓶詰地獄』
夢野久作＋ホノジロトヲジ
定價：400元

這座讓人愉悅的美麗島嶼，已經儼然成為地獄。

漂流到海濱的三封瓶中信，上頭的內容，是由一對遭遇船難的兄妹在無人島上度過的生活所堆砌而出。但是仔細端詳這三封信之後，卻在各種細節上，流露出諸多難以言喻的不協調感。

因經手『刀劍亂舞』的角色設計等經歷而廣為人知、創作許多插圖與漫畫的插畫繪師ホノジロトヲジ，夢野久作『瓶詰地獄』在其精湛的畫技展現下，以宛如夢囈般讓人窒息且瀰漫癲狂禁忌的孤島世界，在眾人眼前呈現。超越時代、文豪與繪師的夢幻組合，鮮活地在現代精巧融合。

乙女の本棚系列

『夜長姫與耳男』
坂口安吾＋夜汽車
定價：400元

值得喜愛的，一定是詛咒、或是屠殺、或是爭奪得來的啊。

經由師父的推薦，耳男獲得了為夜長姬雕刻佛像的機會。朝著遠離故鄉、那位小姐所居住的村子啟程的耳男，卻未能預料到在目的地等待著他的，會是一段殘酷且妖異詭譎的時光。

筆下的美麗作品洋溢著懷舊氛圍，引發關注熱潮的插畫繪師夜汽車，憑藉其充滿童話韻味的描繪技法，精妙地呈現出坂口安吾『夜長姬與耳男』作中的異色之戀。
超越時代、文豪與繪師的夢幻組合，鮮活地在現代精巧融合。

乙女の本棚系列

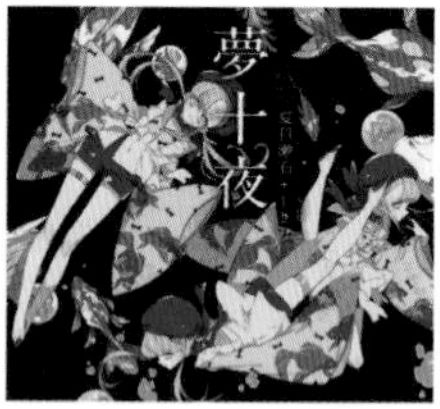

『夢十夜』
夏目漱石＋しきみ
定價：400元

做了這樣的夢。

由這句經典中的經典、文學愛好者們朗朗上口的開場語揭開序幕。十場情境截然不同、情感層次豐富的夢境，交織出一部迷離卻寓意深遠的奇想巨作。穿梭在充滿謎團卻也別具特色的幻想世界，用心去感受那跨越時空框架的人生體悟。

透過因經手『刀劍亂舞』的角色設計等作品而聞名、在pixiv獲得廣大支持，也負責本系列『與押繪一同旅行的男子』、『貓町』圖像繪製的插畫繪師しきみ的秀麗畫藝，讓夏目漱石『夢十夜』裡的十個異想綺譚得以轉化為彷彿身歷其境的空間場域。超越時代、文豪與繪師的夢幻組合，鮮活地在現代精巧融合。

譯者

吳季倫

曾任出版社編輯，目前任教於文化大學中日筆譯班。譯有井原西鶴、夏目漱石、森茉莉、太宰治、安部公房、三島由紀夫、星新一、大江健三郎、中上健次、連城三紀彥、宮部美幸等多部名家作品。

TITLE

貓町

STAFF

出版	瑞昇文化事業股份有限公司
作者	萩原朔太郎
繪師	しきみ
譯者	吳季倫
總編輯	郭湘齡
責任編輯	張聿雯
文字編輯	徐承義　蕭妤秦
美術編輯	許菩真
排版	許菩真
製版	明宏彩色照相製版有限公司
印刷	龍岡數位文化股份有限公司
法律顧問	立勤國際法律事務所　黃沛聲律師
戶名	瑞昇文化事業股份有限公司
劃撥帳號	19598343
地址	新北市中和區景平路464巷2弄1-4號
電話	(02)2945-3191
傳真	(02)2945-3190
網址	www.rising-books.com.tw
Mail	deepblue@rising-books.com.tw
初版日期	2020年12月
定價	400元

國家圖書館出版品預行編目資料

貓町 / 萩原朔太郎作；しきみ繪；吳季倫譯. -- 初版. -- 新北市：瑞昇文化事業股份有限公司, 2020.12

84面；　18.2x16.4公分

譯自：貓町

ISBN 978-986-401-457-6(精裝)

861.57　　109018402